Macho Não Ganha Flor

Dalton Trevisan

Macho Não Ganha Flor

EDITORA RECORD
RIO DE JANEIRO • SÃO PAULO

2006

CIP-Brasil. Catalogação-na-fonte
Sindicato Nacional dos Editores de Livros, RJ.

Trevisan, Dalton, 1925-
T739m Macho não ganha flor / Dalton Trevisan. – Rio de Janeiro: Record, 2006.

ISBN 85-01-07708-9

1. Conto brasileiro. I. Título.

06-3206 CDD – 869.93
CDU – 821.134.3(81)-3

Capa: Desenhos de POTY

EDITORA RECORD LTDA.
Rua Argentina 171 – Rio de Janeiro, RJ – 20921-380 – Tel.: 2585-2000

Impresso no Brasil

ISBN 85-01-07708-9

PEDIDOS PELO REEMBOLSO POSTAL
Caixa Postal 23.052
Rio de Janeiro, RJ – 20922-970

Sumário

Macho Não Ganha Flor 7
Isso Aí, Malandro 15
O Vestido Vermelho 19
Um Tal Tibinha 27
O Grande Assalto 31
Umas Pedrinhas 35
A Pior Morte 39
Três Ovos de Páscoa 43
Pintou um Clima 49
À Queima-Roupa 53
Ai, Ai, Eu Morro 59
Apanha, Ladrão! 63
Quem, Eu? 67
O Menino da Sua Mãe 71
Um Tiro Só 77
Tio Beto 81
O Gato de Muleta 89
A Festa É Você 95

A Casa de Elvira 101
Prova de Redação 105
Um Fantasma 115
Você É Virgem? 119

Macho Não Ganha Flor

Olha que tarde gloriosa de sol. O vento belisca de leve a cortina do quarto. Lá fora uma corruíra canta alegrinha. No teu peito essa outra acorda e já responde.

Minha irmã e a mãe faziam compras. Afinal sozinha, a casa inteira para mim. De roupão, antes de entrar no banho, dava os últimos retoques diante do espelho.

De repente, com susto, senti que não estava só. Um cheiro no ar? Um estalido no soalho? Uma sombra no canto do olho?

Pronto! Aquela mão suada me tapou a boca. E a outra afogava o pescoço.

— Não grite! Nem um pio. Que eu te mato!

Me empurrou contra a parede. Abriu com violência o roupão.

— Oba!

Ai de mim, apenas calcinha e sutiã. Daí ele começou a fazer coisas.

Me beijou o rosto, o pescoço, um seio e outro. Ui, que nojo. Gemendo, se esfregava no meu corpo.

Todo vestido. Só abriu o zíper da calça.

— Faça tudo o que eu mandar. Bem quietinha.

Sem aliviar a mão esquerda no meu pescoço.

— Já matei uma. Não me custa apagar outra!

E arrancou o meu roupão. Tentei correr para a porta. Me sacudiu pelo cabelo e esfregou a cara na parede.

— Quer morrer, sua vadia?

Era o bafo podre da morte. O corpo não parava quieto, tanto que eu tremia. O coração me batia aos saltos no joelho.

Em desespero, chorava e soluçava baixinho. Tão assustada, nem me defendia. Sem força de erguer os braços.

Daí percebi que ele tentava, mas não conseguia. Acho que eu estava muito nervosa e chorando sem parar. Ele beijava e chupava ora um seio, ora outro. Me corria a mão boba pelo corpo.

— Não sabe que deve lutar? Por que não se defende como as outras?

Ele que não sabia: essa carne, com fúria manuseada, já não era a minha. Para não enlouquecer, de tamanho horror, me desligara do próprio corpo. Aquele pobre objeto seminu pertencia a *outra.*

A minha querida boneca, ela sim a melhor amiga, chorando com olhinho de vidro ao meu lado — *e não eu, não eu* —, que era desfrutada pelo monstro.

Me xingava de piranha e cadela. Mandava eu calar a boca, assim ele não conseguia.

— Abra o olho. Não pisque. Feche o olho. Que porra. É o mesmo olho azul de minha mãe.

Daí eu pedi e supliquei. Em nome da santa mãezinha dele. Não me fizesse mal.

— Ela está me olhando com a tua cara!

Podia levar tudo de valor na casa. Pelo amor de Deus, me deixasse em paz. Era noiva e ia casar em três meses.

Ao falar que estava noiva ele assanhado começou tudo de novo.

— Aposto que é muito safadinha, né? Não transa com teu noivo? O que você faz com ele? Fala, sua vadia!

Ah, não fala? Que ficasse de joelho. Outra vez, de pé. Sentada. Deitada. De costas. Pernas fechadas. E abertas. Bem abertas.

E nada.

Cada vez mais irritado. E mais gago. A culpada era eu. Que só chorava. E só sabia tremer. Que porra.

— Não aprendeu nada? Não trepa com teu noivo? É boiola, por acaso?

Esse viadão, ele bem podia avisá-lo: eu era imprestável. Mais fria que uma puta velha. Se, ao menos, estivesse vestida. Gostava mesmo era de arrancar a tua roupa. Rebentar. Rasgar. Assim, quase nua, calcinha muito sem graça, não lhe agradava.

Disse que todas choram. Mas eu era a pior. Se a mulher soubesse a bruxa que fica, nunca mais chorava. Grande merda.

Chegou a mandar que botasse uma saia e blusa. Sapato de salto alto. Ou, melhor, um vestido. Vermelho, se tivesse.

Então olhou o relógio. E desistiu. Porra. E mais porra.

— Que tanto chora e treme e se desespera? O que tem de mais? Pensa que é a primeira? E a única? Nem é tão ruim assim. Algumas bem que gostam. Uma ruiva, quando eu saía, pediu que voltasse. E quis me dar uma rosa ou cravo, sei lá.

Ofendido e gaguejando.

— Mas eu avisei: "Macho não ganha flor."

Me olhou de soslaio.

— O que eu quero...

Enxugava a cara molhada de suor — e sem tirar o óculo escuro.

— ...vou lá e me sirvo.

Jogou a toalha num canto.

— Ah, se eu tivesse tempo. Porra. Já te ensinava o que é bom. Porra.

Uma hora tinha se passado. Uma hora que, no relógio parado da memória, se repetiria em mil horas inteiras de tortura e terror. E pelo resto da vida quantas vezes seria eu, indefesa no sonho, o pasto de tal bicho espumante de raiva?

Afinal ele parava de tentar. E fechou o zíper da calça.

Já não me olhava de frente. Acho que com vergonha, já pensou? Porque nada tinha conseguido.

— Agora te deixo aqui pelada.

Chutando o roupão debaixo da cama.

— Você desta vez se livrou.

Ressentido e com ódio.

— Só porque é uma vadia de olho azul. Como aquela outra.

Recolheu no chão a sua velha mochila.

— Senta aí na cama. Não se mexa daí. Até eu bater a porta. Senão eu volto. E será pior pra você. Ouviu, sua puta?

Foi catando na penteadeira o meu relógio de pulso, o celular, o cartão do banco. E, no estojinho azul de porcelana — ai, não —, até umas pobres jóias que a avó deixou.

Antes de sair, espiou em volta.

— Me dá a calcinha.

Que desgracido.

Colheu a última peça. Macho não ganha flor. Se olhou demorado no espelho. Ainda surpreso e incrédulo, gaguejante.

— Que porra. Isso nunca me aconteceu!

Ajeitou o óculo escuro e o boné vermelho. Gostou do que viu. O que eu quero, vou lá e me sirvo.

E lá se foi.

Tremendo e chorando, me vesti todinha. Mas não deixei o quarto. Ali sentada, chorando e tremendo, até a volta de minha mãe.

Nunca mais ela esqueceu de fechar a porta. Com dois giros na chave.

Cada dia a gente notava a falta de algum objeto. Mas isso era o de menos.

Mudamos de bairro. Fiz tratamento com uma terapeuta. Tomei tranqüilizante e antidepressivo. Dois a três comprimidos por dia, mas pouco adiantou.

Uma vez engoli um punhado deles. Não foi o bastante. Só dormi uma noite e um dia inteiro.

Na mesma cama, do olhinho de vidro escorrendo uma lágrima azul, essa boneca toda em cacos.

O noivo, que me adora, apoiou sem reserva. Ao meu lado no desespero e no horror. Não perdeu a esperança. E me salvou de mim mesma.

Seis meses depois, casamos.

Deve ser problema meu, sei lá. O nosso relacionamento não está dando certo.

Isso Aí, Malandro

Sondo primeiro, tudo escuro no casarão: a família viajando. Dentro dos conformes. Pulo o muro dos fundos. Quebro um, dois vidros. Afano uma tevê, o som, um saco de trecos. Isso lá pelas três da madruga.

A gente se enfia na casa arrombada. Tem uma pedra queimando por dentro. Grudados na tua nuca os mil olhos dos cagüetas da Vila. De repente dá uma fome desgracida. E você ataca direto a geladeira. Vinho tinto é uma boa.

Se dispara um alarme, já pensou? Chega o vigia? Te acerta um teco? Ei, Tibinha, não se mexa. Tá ouvindo: quem bate? em todas as portas? o teu coração doidão? pra cá pra lá?

Sai. Já. Pô!

E o tempo inteiro, quem diria, de piroca dura. Tinindo. Uma vez, num apê, uma picega. Rolou esse lance. Ela pediu, né? Dei um picote na ceguinha. Se aparece uma dona pela frente periga ter de abrir as pernas. Isso aí, chefia. Por bem ou por mal. Não dá pra segurar.

Duas noites depois, volto na casa e abafo mais uma tevê.

Vendi tudo na Vila. Pro intrujão, sabe como é, o cara compra muamba. Foi o Bicudo. Dono de uma zona, é um viadão. Levou o som e uma tevê.

Que a Paraguai ficou com o saco de trecos. Essa aí tem um carrinho de cachorro-quente perto do Bar do Tiozinho.

A segunda tevê foi pro tampinha que mora de favor num mocó, lá no fundão. O tal nanico antes era borracheiro.

Certo. Eu tinha mulher e filha. Tava com seis meses, uma pombinha do céu. Só porque chorava, a mãe afogou no travesseiro.

Se amigou a bandida com um zaroio. Não tem a vista direita, ligadão no pó e na pedra. Ele é do mal. Pô, que o pariu. Me conte o que a gata vê num tipo assim. O amor, essa coisa?

Bem, como ia dizendo. Na terceira visita ao casarão... Em noite de azar, se não é a beira de calçada — sifu, pardal.

Na terceira visita, separo um micro, um rádio, uma pilha de CDs. Pô, daí, fidaputa. Sou engatado. No flagra, por um guardinha de campana.

Quando pulei o muro, já sumia de fininho, me virei. Fatal. Ali na tocaia, o vigia. Cresceu e veio. Assim direto. E me enquadrou.

Todo malandro tem seu minuto de bobeira. Eu, o rei do Bar do Tiozinho. Teje preso. Agora me ferrei bonitinho.

Sai dessa, bacana. Pra que serve o brilho do teu dentinho? Olheiro leva o preço na testa. Ó mermão, metade do bagulho é teu. Legal?

O Vestido Vermelho

Amor,

Comprei um vestido novo. (Nada como quem trabalha!)

O tecido é tão fino, parece que estou sem roupa. O mesmo vermelho que, segundo você, realça o brancor da pele e o loiro do cabelo. Ombros nus até a saboneteira, com o decote no limiar do abismo — além do qual você não aprova.

E onde está você para apreciá-lo, com teus mil beijinhos no pescoço? Eu aqui linda, só para te agradar. (Calcinha rósea rendada e sutiã de taça, o que por ora não precisa saber.)

E você, nada? Já não me quer?

Não te emocionam as coxas mais frescas e lisas que o vestido? Já não te apetece sopesar na concha da mão o seio de biquinho ereto assim a ponta fina de uma caneta Bic? Nem te comove a lua bochechuda da minha bundinha empinada? Nada te diz a concha nacarada de quatro pétalas?

Covarde! Ingrato! Soberbo!

Não sabe o que está perdendo.

Só me ver neste vestidinho faria você açular a fogosa matilha dos teus vícios mais perversos. E desmaiaria entre ais ao simples roçar do precioso tecido.

Já serpenteio o *strip* da Virgem Prometida ao Minotauro — e tudo mostro sem nada tirar. Requebrando no salto agulha, assim gostosa, frente e atrás, se você pedisse.

Mas não pede. Me esqueceu para sempre? Pra você já não existo?

Ai, tua mão trêmula em cada curva, já pensou? Um sobe-e-desce de avanços e recuos. O terceiro quirodáctilo que negaceia... E a delícia única de ouvir: *Ai, putinha, de você eu quero tudo! Você deixa, meu amor? Só pra mim, você deixa? Tudo?*

Daí me ponho de joelho e descerro o teu zíper com mais devoção que uma samaritana descalça. Isso mesmo: sou uma putinha pra você se servir. Em adoração, eu beijo dardejo lambo. E a-bo-ca-nho com toda a gentileza.

É o meu quindim de Tia Ló! E lambisco e mordisco

tamanha doçura que já me arrepia lancinante o céu da boca.

A cabecinha entre os lábios, ao ritmo frenético da língua enlouquecida. Afinal todo o ferrão de fogo e mel, uai, a tua cimitarra do profeta inteirinha na boca — e pode não querer?

Chupo, amor, na frente do espelho, se pedir. Levanto um canto do vestido para você ver as nalgas rosáceas. Ou baixo o decote para vislumbrar as duas tetinhas, também elas de joelho, suplicantes por uma carícia furtiva. Ou ainda nua e descabelada, prontinha às tuas ordens, no falo felação faço.

Será que o meu senhor já não gosta?

Nem sequer a xotinha mais te excita? Monto lépida o ginete empinado, a tua cabritinha selvagem dos montes. Toda me contorço e revoluteio dando e roubando beijo e palavrão amoroso.

Nunca mais, seu puto, me fará gozar?

Ordene, que eu obedeço. Ficar de pé no armário, portas e pernas abertas? Ou rendida me ajeitar de quatro? Me ofereço sem reserva às tuas massagens erógenas do eunuco na odalisca preferida do Sultão — e você, indiferente, nem pisca?

Quero sentir os teus beijos pelo corpo me ungindo com o mais afrodisíaco dos óleos. Quero mordida doída na bundinha em flor. Do macho a gente espera fatal! o beijinho molhado e o tabefe ardido de mão aberta.

Mas onde está você, cego e surdo, que não responde?

Sem vontade de sodomizar esta cadelinha que te ama e tanto deseja? Eis-me aqui, à mercê dos teus caprichos e delírios.

E cadê você? Nem um pio.

Me lembrei que gostoso era você me abraçar pelas costas. O corpo bem juntinho ao meu. E, abrindo passagem na longa cabeleira, o beijinho na nuca. A pressa nenhuma. A mão no seio no seio no seio. De olho fechado para sentir melhor o amasso do corpo, o beijo na nuca.

E o beijo na boca. Choradinho. O toque da língua. A língua na língua, saboreando. A língua no dente. O dente no lábio. O gosto de sangue no beijo.

E lembro que você apreciava deslizar a mão viageira coluna abaixo. Uai, na bundinha. E ali ficar acima abaixo. Por cima da roupa, por baixo da roupa. Sobre a calcinha, debaixo dela. Ai, nem quero pensar. Era suor palpitação calafrio vertigem.

Às vezes guardava amoroso a dura duridana entre as bochechas: o seu santuário, a sua bainha sob medida. Um fogaréu de prazer. Todinha em chamas. Olha aqui — na branca pele a cicatriz perene do teu ferro em brasa.

E a flor selada se abrindo entre as coxas. Mar Vermelho, onde o cajado do meu puto Moisés?

Ah, como eu me lembro. E você, a memória perdida, sequer uma recordação?

Me faz cadela, seu viado, pelo amor de Deus!

Essa litania profana da vítima e cúmplice de tuas perversões — *deixa de ser pidonha, menina!* — não te alvoroça o apetite? Negue, se pode, que também me quer e bem se delicia? Quem não sabe que o meu amor é tarado por uma violação? Que só pensa em enfiar, meter, arrombar o meu corpo e currar a minha alminha.

Já rejeita o prêmio por tantos perseguido e por um só alcançado? E eu, aqui aos uivos, canina, o que fiz para não merecer o teu exército com bandeiras rompendo as minhas últimas defesas?

Venha, ó meu puto. Faça mais. Sim, faça tudo! Tudinho!

Morra de orgasmo múltiplo nos meus braços.

Diga que não é a suprema graça gozar no cuzinho. Todos os suspiros e gemidos e delírios. O coração aos gritos no meu cravo violáceo despetalado.

Tem coragem de afirmar que nessa hora já não levita entre os lençóis, sai rasante pela janela, flutua sobre os telhados da Praça Tiradentes?

Feliz de minzinha, engatada, lá vou eu — e lá vamos nós, xifópagos do amor, pisando as nuvens distraídos.

Nunca mais abraço cafuné mordida tapa amasso agarro beijo nó górdio de língua?

Deixa de ser bobo, homem!

Ao menos fala se gostou do vestido. (Sob ele, me quer de meia preta e liga roxa? Pronto! já me antecipei ao seu desejo.)

Dá um beijo na boca, poxa!

Não está vendo este seio, esta coxa, este requebro de bunda? E uma bundinha de moça, o que é? Você me diz: *A mais perfeita curva da esfera celeste!*

Feita pra pegar. Pra passar a mão boba — ó delícia! ó suplício! Pra tatuar com a tua sarça ardente!

Já não sou eu, euzinha, o bastante para a tua fome?

E esta rosa de febre com a boquinha úmida que geme e grita o teu nome — você já não escuta?

Que fim levou a tua paixão de amor louco? Em que velho sapato se esconde a aranha-marrom do teu desejo?

Onde as chamas dessa luxúria que tudo incendiava à sua passagem? Que água apagou esse fogo? Que boi bebeu essa água? Que passarão colosso arrebatou esse boi?

Despida dos meus sete véus, rastejando, te ofereço na bandeja de Salomé o coração apunhalado da minha pombinha e a cabeça falante do meu amor.

Já não me quer, você? Tudo bem.

Basta que eu te olhe. Nem chego perto. Do outro lado da cama.

No deslumbrante vestidinho novo. Comprei com o meu dinheiro contado. Só pra ficar linda aos teus olhos.

E sem você, ó puto dos meus pecados — coberta de púrpura ou nua em pêlo —, pra que ser linda?

Maldito vestido vermelho.

Um Tal Tibinha

Mulher do Curitiba? Eu, nunquinha. Bem, eu fui. Quer dizer, a gente se juntou. Três anos de amor, essa coisa. A gente se acerta na cama. Sabe como é. Um faz tudo o que o outro gosta.

E briga mais judiaria. Me separei faz um ano. Por causa da birita e droga. Do tapa na cara. Eu aparava as unhas do pé dele e saiu uma gotinha de sangue... Me ajoelhei e lambi com gosto. Era tarde.

Fatal! a bruta bofetada de mão aberta. Não deixa marca, mas bem que dói. Daí fugi gritando pra rua.

O amigão dele era o Pipoca. Um aprendiz na escola do malandro bacana. Esse mesmo, o Jonas, filho da Biela. Não sei como aconteceu. Parece que eles queriam matar o Curiti... Tibinha aqui pra nós. E acabaram acertando o pobrinho do Pipoca. Não sei se foram três. Lá nos fundos do Bar do Tiozinho.

Era dia de visitar a minha irmã. Quando voltei que eu vi a ambulância e a polícia. Correu na Vila a notícia do tiroteio no bar. Não sei se foram três, é o que diz o pessoal.

Contra quem? Acho que contra o Tibinha. Droga, pó e pedra, essa coisa. E morreu matado quem não devia. Apagaram o cara errado.

E agora mais essa morte. O Careca? Era do mal. Fichinha de gangue. Bandidagem de outra Vila. Como aconteceu ninguém sabe. Ouvi que o Tibinha jurou vingar o Pipoca. Ele sabia andar de moto. Emprestada dos outros pra fazer negócio. Às vezes me levou passear na garupa. Dizem que tava de moto naquele dia.

Se foi o Tibinha? Lá sei eu. É a falação do pessoal na Vila. Foi ele, não foi. Preso pela Rone e entregue na polícia. No mesmo dia não é que livre e faceiro?

Malaco louco de esperto taí. Com o Tibinha ninguém pode.

A Rone — cagüeta na Vila não falta — deu uma incerta lá em casa:

— Cadê a droga? Onde cê enrustiu?

Um policial me levou pro quarto. E fechou a porta:

— Primeiro levanta a camiseta e o sutiã. Depois desce a calça e a calcinha. E faz três abaixadinhas.

Eu não sei o nome dele. Só nós dois ali no quarto. Eu disse:

— Ei, cê não tem direito de fazer isso.

Ele falou que era ordem do juiz.

Então ergui a blusa e o sutiã. Arriei a calça e a calcinha. Fiz as tais embaixadinhas.

Eles acabaram de revistar a casa e caíram fora. Eu tinha só três pedras. E na delegacia apareceram mais cinco. De onde eu bem queria saber. Decerto que não estão atrás de mim. Foram pegar é o Tibinha.

Ele não fala quem atirou no Pipoca. Nem no tal Careca. Esse que eu menos conheço. Foi morto numa invasão do barraco. Chegaram de moto, numa chispa. Eram dois, de capacete escuro.

Acho mesmo que foram os drogados. Lá, o ninho dos maconheiros. Viver na Vila, cara, é muito perigoso.

Outro dia o Tibinha ligou:

— Tô com tudo, Margô.

A muamba de mais um golpe.

— E quero cê aqui.

Ainda se fosse por mim, até que gostava. Só por conta do piá de dois aninhos. Cisma de ver o filho, correndinha lá vou eu.

Malandro é assim. Cê diz que não? Já dançou. No Bar do Tiozinho é o rei. De boné vermelho. Um cara de muita lábia no dentinho de ouro. Não deixe que cochiche no teu ouvido:

— Ai, neguinha. Cê tá pra mim!

Fatal. Acaba fazendo tudo o que ele manda. Até o que não quer. Esse meu Tibinha é de morte.

O Grande Assalto

Desde os 12 anos já perdido nas drogas. A Maria me recolheu em casa e na cama. Deu a maior força pra livrar do vício. Agora tô com 16 e ela, uns 30.

Também tenho uma namorada, a Lili, de 15 aninhos. Ela tá grávida. A gente se gosta. O amor, essa coisa, sabe como é. E eu, desempregado, já pensou?

Lá tava eu com o Tito no Bar do Tiozinho. Mais um primo dele, barbudão, que não lembro o nome. Eles não são daqui, a gente se conheceu por aí. Bem lá eu, desempregado, a namorada grávida, morando com outra, e na pior.

O Tito me pagou duas pingas. Daí falou:

— Cê vem com a gente. É uma loja. Nós roubamos e dividimos o dinheiro. Em partes iguais.

Só que não foi o que aconteceu. Nesse dia, uma sexta-feira, ele falou:

— Amanhã de manhã teja na esquina da praça. Eu vou passar lá. E pego cê pra gente assaltar.

Daí eu disse:

— Ó cara. Tô desempregado e na pior. Vamo lá.

Na hora marcada, eles apareceram e fomos de carro. Era uma loja toda envidraçada. Ele me disse:

— Cê aí, primeiro. Chega no caixa e aponta a arma: "É um assalto!" Não tem erro.

Até aí era uma coisa. Nisso que eu entrei e peguei e falei: "É um assalto!", o outro cara já pulava o balcão. Recolheu a grana e enfiou na jaqueta.

Só que daí arrebentou a porta dos fundos e achava mais dinheiro lá dentro. Com ele na mão, falou:

— Tá no papo, chefia!

Daí pulamos no carro. O barbudão, no dia de glória:

— Viu só, babacas?

E caímos fora numa chispa.

Assim que chegamos na via rápida, o Tito se virou pra mim:

— A arma. Passa pra cá.

Eu entreguei o 38.

— Aqui cê desce.

Contou e me deu mil paus.

— Pô, cara. Só isso? Tá com toda essa grana. E eu levo só isso?

Daí ele:

— Ah, quer mais?

E apontando o 38.

— Um teco na tua cara de bundão?

Se é assim. Peguei o dinheiro, meti no bolso e vim pra casa.

Três dias depois, lá pelas quatro da tarde. Eu tava chegando, com uma nota de 50 dobradinha na meia, tudo o que sobrou depois de acertar umas contas. Quando vi passar um carro cinza. Passou como se não fosse nada.

Parou na esquina e desceu um tipo de chapéu e bigode. Ficou sondando por ali. Pô, que tanto olhava pro meu lado? E pensei: "O que será que é? Não fiz nada errado."

Ele cresceu assim direto e deu voz de prisão. Ainda perguntei:

— E preso por quê? Posso saber?

Disse que havia feito um assalto no posto de gasolina. Logo eu, que tava limpo. Como sabia que não fui eu, achei que não tinha perigo.

— Tá bom. Se tá dizendo que fui eu.

Me rindo por dentro.

— Então fui eu.

Até assinei uns papéis lá. E me deixaram ir embora.

Fiz amorzinho com a menina. Daí contei pra ela, que me beijou, gostosa:

— João, você é um puto bacana!

Em casa foi a vez da Maria. Depois acendi um cigarro, falei dos papéis. Ela sacudiu a cabeça:

— Sabe, João? Acho que você fez é uma grande burrada!

E explicou direitinho. Caiu a cara. Cê tá fudido, ó bacana.

Umas Pedrinhas

Eu trabalho de chapa, isso aí, meritíssimo. Carrego e descarrego caminhão lá no Viaduto do Mercado. É, sim, as pedras tavam comigo. Isso não nego.

Na falta de serviço, pra não ficar debalde, ganho uns trocados catando latinha de cerveja. Eu saio andando aqui e ali. E no causo a polícia deu uma geral na turma lá. E, leva não leva, pegou três caras e deixou dois. Mas eu não tava na geral, não. Nem conheço esses tipos, é gente estranha de outro bairro.

Daí passei a mão naquele saco e na mochila que eu sempre ando com eles, quando enche um, uso outro. E não é que tinha umas pedrinhas? Eu perguntei prum cara:

— E esses troços?

Eram lascas de pedra. Nem uma do mesmo tamanho. Pequeninhas e maiores. Ali no papel de alumínio.

Ele falou:

— Isso é craque.

Daí fomos no terreno baldio, ele fumou duas, eu só uma: o baque espirrou o tampo da minha cachola — *tuiimmm!*

Uai, achei que tudo legal e guardei na mochila. Nunca me aconteceu bronca de polícia, não. É certo, já tive problema de cabeça. Fui internado no asilo por causa da bebida que atacou meu cérebro. Devo tomar nove comprimidos por dia, agora não tô tomando nenhum. Me prenderam e não pude ir em casa pegar a receita nem nada. São 32 dias sem remédio. E bem que me faz falta.

O nosso corró, você que entra, né, deixa lá fora toda esperança: quatro metros de comprido, um e meio de largo. Todo mundo dormindo de perna encolhida. O meritíssimo viu colchão? Nem eu. Quando alguém vai ali no vaso, a gente tem que acender uma teresa, já não agüenta a catinga. Isso mesmo, queimar trapo velho.

Dei entrada no dia da confusão com o pessoal. No mocó tinha umas 30 pedrinhas. Achei debaixo de uma lata. Não comprei de ninguém, não. Ali escondido. Eu levei sem pensar nessa encrenca toda.

Daí no sábado, ouvindo o jogão do Atletiba, eu tava lá. A Rone chegou de luz apagada. Na dica que era gente queimando a pedra meteu o revólver.

Um dos caras gritou:

— É a polícia!

No canto escuro a brasa dum cigarrinho? Esse era eu. Parado tava, parado fiquei.

Me levaram três reais e um isqueiro Bic, não lembro da cor. Mais duas carteiras, de uma só fumei um? dois? cigarros. O dinheiro minha filha que deu. Todo dia vem me ver, mas não deixam entrar. A pobre é vesguinha da vista esquerda. De tanto choro, com o paizão em cana, periga de cegar o olhinho bom.

Isso aí, chefia. O que a gente pede é um pouco de conforto lá dentro. Assim não tem condição de ficar, não. Tá vertendo água das paredes. Não pode falar nadinha que leva porrada.

Durmo direto no cimento. Nem colchão tem. O cobertor, esse, todo molhado.

É uma judiação. Ser pobre, tudo bem. A gente encara. Mas judiação é covardia.

Isso tudo, eu juro, foi um azarão na minha vida. Vício não tenho. Quando me deu alta, o médico avisou de não beber. É que sou meio bastante nervoso, como o doutor vê. Nunca pensei me ligar com droga. Traficante? Eu lá conheço algum!

Carrego qualquer caminhão que o chefia quiser. De caminhão eu entendo. Gosto mesmo é do trabalho. Cinco da manhã já tô na rua. Se não tem serviço, daí cato latinha pra vender.

E numa delas, isso aí, meritíssimo, não é que achei as pedrinhas?

A Pior Morte

Era uma noite escura. Eu voltava depressa pra casa. Ninguém na rua. Quando vi, os dois saíram do meio do nada. Capuz preto e faca na mão.

Todo o tempo eles de capuz. Deu pra saber que um era moço e outro, velho. Pela voz. E pela cor dos olhos. O velho tinha o olhão esquerdo manchado de sangue.

Primeiro fui atacada pelo filho. Mandou ficar sem roupa. Me bateu bastante porque não obedeci. Xingou e jurou de sangrar na faca. Me feriu as mãos, o nariz, a boca.

Pensei que um assalto. Mas não: o que ele queria mesmo era estuprar. Bem doido, bêbado ou drogado. Na confusão da luta a minha bolsa com 13 reais se perdeu. Os dedos rasgados de afastar a faca que ele espetava no meu peito.

Daí eu vi que estava disposto a matar. E fiz tudo pra me livrar.

Enquanto o velho só apreciava, ficamos rolando no barranco. Buscou me arrastar pra longe, mas não deixei. Berrava e chutava com toda a força.

Então quis me afogar o pescoço. E, quando gritei, enfiou quatro dedões na minha boca. Bem que eu mordia com raiva.

Ele também deu pontapé. Veja aqui a minha perna: toda roxa. E quase consegui fugir. Só que me agarrou por trás. Pelo lado. Derrubava de novo.

E lutamos. Puxa, tanto eu lutei. Cansada, até não poder mais.

Sem força de me defender, ele obrigou a ficar todinha nua. Daí me jogou na grama. E fez de mim o que bem queria. Serviu-se, o bandido.

Vez em quando, passava alguém lá na rua. O bruto me tapava a boca. E não podia pedir socorro. O cara ia embora, sem saber de nada.

Depois a vez do velho. E foi pior. Me judiou ainda mais, o desgracido. Forçou até a fazer o que nunca pensei na vida. Regalou-se.

Fiquei lá umas três horas. Das nove até a meia-noite. Avisaram que se me queixasse na polícia eles voltavam. Sabiam quem era e onde morava.

Daí me deixaram ir. Toda descabelada. Sem olhar para trás. A minha bolsa, quem viu? quem pegou?

O velho ainda quis levar uma lembrancinha.

Sempre de capuz negro, os dois ficaram lá. Rindo satisfeitos do meu jeito de andar. Meia cega. Todinha trêmula. Doída e estropiada. Sangrando por todos os buracos do corpo.

Se Deus existe, rezo que dê a pior morte pros dois. E mais ainda pro velho, que me roubou a calcinha nova, preta com rendinhas.

Três Ovos de Páscoa

Eu falo pro doutor a verdade. Não vou mentir. São três boquinhas que me pediram:

— Mãe, eu quero ovo de Páscoa.

Eu não tinha dinheiro. E bem dizer passando necessidade com três crianças pequenas.

Aí eu entrei lá. Mas não entrei assim. Não tenho passagem na polícia e sempre trabalhando. Desde que vim do sítio com 13 anos. Daí deu uma coisa ruim na minha cabeça, sabe, né? Lá dentro.

Cê vê todo mundo comprando e levando. Cheio de pacote e sacola. Uma chuva de ovo pendurado. E a imagem dos três anjinhos me pedindo. Eles têm 5, 7 e 11 anos. Com essa idade hoje ninguém trabalha. Sabe o que fiz, né? Aí peguei depressa e enfiei na blusa três ovinhos. E duas gomas de mascar.

Eu posso responder, sim, quantos peguei. Três ovos pequenos porque são três piás. Foi um pra cada um. Mas essa margarina não estava no meio. E agora me lembro que a goma de mascar eu comprei no Um Nove Nove.

A gente não foi pra pegar, não. Na hora é que deu uma loucura lá. Cê tá numa situação e faz essa burrada aí. Foi um momento de fraqueza. Toda aquela gente comprando e rindo e levando.

Um desperdício de chocolate. As madames bem que gostam de bombom. Comem até uma caixa inteira. Se lambuzam até sair pelo nariz e a orelha. E pra gente? Nadinha de nada?

Não saí combinada pra roubar. Nem sabia como ia fazer. Aí fui pegando igual estivesse sozinha. E ninguém me visse. Foi uma doideira. Só entrei lá pra olhar o preço dos ovos. As crianças pediam e, chega na Páscoa, todo mundo ganhando, já viu, né?

Eu tava com 25 pra pagar a água e a luz. A gente queria pagar, né? Mas o homem não quis receber. Disse que era pouco. Tinha muita prestação atrasada.

Daí que aconteceu. Me barraram lá dentro do mercado mesmo. Entre as prateleiras e o caixa. Os ovos estavam escondidos na blusa. E tudo foi logo devolvido.

Me puxaram eu. E arrastaram com um safanão pros fundos. Eu disse:

— Sei que errei. Foi só precisão. Daí que três boquinhas me pediram. Mas vou trabalhar e pagar. Faço qualquer coisa que mandarem. Só não me levem presa.

Ah, é? Me fecharam numa sala. E fizeram lá tudo que é tipo de coisa. Me xingaram de palavrão e nome de mãe. E assustaram com as barbaridades que iam acontecer.

Fui maltratada pelo gerente, muito grosso. A mulher lá, que também era da chefia, por ela me deixava ir. Só que o bruto não quis saber.

Daí veio o dono com a polícia de amarelo. O que não achei certo foi tirarem sarro de mim. Um deles falou:

— Ah, sua cadela, cê vai chegá lá. E vai ficá pelada pra apanhar. Cê vai vê o delega que tá lá hoje!

Não é nada legal isso de ainda gozarem a minha desgraça. O que diz o doutor?

Já veio o camburão. E lá fui eu pro Distrito. Ih, que vergonha. Nunca antes fui processada nem presa. Me deram na mão do escrivão. Aí o delegado chegou e contaram tudinho. E não contaram direito.

O que eu comprei no Um Nove Nove levaram junto. Perdi tudo. Lá se foi a margarina. E minhas duas gomas de mascar.

Barbina! Será que de falar isso aí... Não vai a polícia ficar com raiva de mim? Todo dia, já viu, tem gente que aparece mortinha. E ninguém sabe por quê.

É isso. Uma filha de 5 anos, um de 7, outra de 11. Não tenho marido. Eu moro só com os tadinhos.

O pai é um malandro. Só vive namorando pela rua. Falei pra ele que, se me ajudasse, eu não carecia fazer isso.

— Agora vou presa. Cê fica com as três crianças. E eu com essa condena aí.

Ele é esperto e não paga pensão. Porque só escolhe mulher de idade. Tem 44, o safado, e gosta de pegar as meninas de 60. Só coroa rica e viúva com apartamento.

Largou de mim, com 38, por uma de 65, já viu? Cê olha pra ele assim. Oh, é um advogado. É um juiz. Sempre de terno e óculo escuro. Me garantiu:

— Que nada, neguinha. Não se avexe. Eu arrumo um doutor do crime pra você.

Cê viu algum? Nem eu. Não me levou nadinha de rango lá na cadeia. Já falei que dou uma surra nele quando eu sair. O pilantra que se cuide.

Isso aí, chefia. Foi essa bobeira e deu errado.

Eu já tava na porta e a mais pequena perguntou:

— Aonde a senhora vai, mãe?

— Pagar uma prestação — eu disse.

— Ah, mãezinha. A senhora compra ovo de Páscoa, né?

E eu:

— Ih, filhinha. Ovo de Páscoa nem pensar.

Pintou um Clima

Ali estava eu no posto de gasolina. Comprando cigarro e — por que não? — exibindo as prendas. Um senhor ao lado, que me olhava muito, ofereceu carona.

— Eu fico na Praça da Passarela.

Lá, o meu ponto de trabalho. Pago dez paus por dia ao bofe da Lorena, que garante o lugar e dá proteção.

— É meu caminho. Vamos?

Quando ele falou, senti que tinha bebido umas e outras. Sempre assim: bebem para ter coragem. Esqueceu até de esconder a aliança.

Ele parou o carro ali perto. Tudo escuro. Ficamos conversando. Era separado e tinha sido infeliz com a esposa. De mulher não queria mais saber. São falsas e traidoras.

Olhou pra mim e se abriu num sorriso:

— Você é diferente.

Com a mão trêmula no meu joelho:

— Sabe que é uma pessoinha muito especial?

Daí pintou um clima. Ele:

— Quanto é o programa?

Com a voz rouca. Já querendo roubar um beijo. Eu falei:

— Rapidinho? Ou completo?

O cara estava tentado, mas não se decidia.

— O primeiro é dez reais. O segundo, trinta.

Ele pagou adiantado. Dez paus. O rapidinho foi feito.

Daí, já passando a mão, ele quis continuar. Eu avisei:

— O completo é trinta.

Fizemos o completo. Ele em mim. Eu nele. Trinta reais bem merecidos.

O rolo começou quando ele disse:

— Saí desprevenido. Dez era o que eu tinha.

— Essa não, cara. Não fica assim. Você é casado, que eu sei.

Nada de mostrar a carteira.

— Tem de pagar, velhinho. Se não, já viu. O meu amigo vai cobrar. Na tua casa!

Foi aí que se assustou. Pronto ofereceu o celular de garantia. E tornava em meia hora com o resto do dinheiro.

Eu aceitei o trato. Fui para a esquina da passarela. Lá estava a minha amiga Lorena. Esperei mais de uma hora. Era noite fria. O tipo não veio.

Caminhamos até a praça. Fizemos um lanche no barzinho. E voltei para a hospedaria, lá se foram os dez paus. A Lorena levou o celular para o cafifa vender. Ainda recomendei:

— Olha, menina. Espere até amanhã. Vai que o tio chega e paga.

Estava quase dormindo. Murro e pontapé na porta.

— Tina. Ei, Tina. Abra essa droga!

Era o tira que me prendeu. Entrou e já batendo com raiva.

— Ai, seu bruto. Na cara, não!

Ele passou a pulseira. Mais uns tabefes pela demora em abrir. E fui para o velho Distrito.

Quem estava lá? Mais bêbado ainda. O boiola que inventou: ameacei fazer escândalo. Ele me pegou pensando que era menina. E lhe dei uma gravata no carro. E afanei 180 reais. Mais o celular. Com a ajuda de minha amiga Lorena.

— Roubar, eu? O quê? Se esse aí nem tinha os trinta do programa. Ele quis completo.

Daí entraram com a Lorena. De olho roxo. A carinha borrada de lágrima e pintura. Invadiram o quarto, ai que vergonha, no meio de um programa. O tira, aos berros:

— Devolve o celular!

Ela não podia. Já na mão do cafifa.

— Ah, é? Traveca louca mais cadela.

Então apanhou para contar onde eu morava. Algemada e recolhida ao Distrito.

Tudo intriga desse tio nojento. Eu, que nunca respondi a processo. Já fui presa, é certo. No arrastão de rotina. Levam todas nós. Vem até microônibus apanhar as garotas.

Diz o delegado que a gente faz sexo na rua. E usa droga pesada. Que é uma vergonha para as famílias. Essa parte não é com as gurias. E sim a bandidagem lá da Vila.

Daí você paga uma taxa. Passa a noite de pé no corredor — e o salto alto, já pensou? Às vezes, o carcereiro escolhe uma de nós. E serve-se.

De manhã todo mundo é liberado. Assim, bonitão, a vida fácil das tuas meninas do prazer.

À Queima-Roupa

Lá pelas 11 da noite. Minha mulher dormia. Eu fiquei à espera do filho, é menor, permissão não tem de levar a chave. A janela aberta para a rua. Veja, o chuvisco de estrelas no céu — uma bela noite.

Ouvi os pneus de um carro derrapando. Olhei pela janela: a moto azul passou numa chispa e logo atrás o carrão preto. Adentraram a rua sem saída. Epa, o arrastão frenético das rodas. Um grito rasgado ao meio. E, em vez do choque, mais assustador — o silêncio!

Achei que o carro havia atropelado a moto. Alguém podia estar ferido. Pronto vesti uma jaqueta por cima do pijama. Enfiei o revólver no bolso — em Curitiba nunca se sabe.

Corri pra lá. Atrás do carro, vozes discutiam. À luz forte dos três faróis, não vi nenhuma vítima. O motoqueiro ainda montado no selim, entre o carro e o muro. E dois caras, um de cada lado, gritavam com ele.

Buscando acalmá-los, perguntei o que tinha acontecido. O de barba falou:

— Esse puto me deu uma fechada!

E o gordo se virando pra mim:

— E você, o que tem com isso? Não tem nada que se meter!

Sorrindo, ergui os braços:

— Ei, cara. Sou vizinho. Vim aqui pra acudir... E não brigar!

Em vão: o tipo queria guerra. Como se chegava, agressivo e gesticulante, estendi a mão esquerda para afastá-lo. E, sem querer, esbarrei no seu narigão borrachudo.

O cara ficou possesso.

— Mete a mão na minha cara! E deixo por isso mesmo, é?

Sentia-lhe o relento azedo de bebida e droga.

— Você me bateu!

Olho grande e vermelho.

— Isso não fica assim.

Doidão. Aos berros:

— Cê tá morto, seu puto!

Mais palavrão e perdigoto. O barbudo tentou apaziguar. Só um esbarrão, cara. Sem ofensa. Esquece, ô meu!

Mas ele insistia. Fora agredido. Eu não me livrava assim fácil.

O barbudo sugeriu:

— E ele se desculpando? Você deixa pra lá?

Eu, de pronto:

— É verdade. Não foi de propósito. Por Deus. Nenhuma desfeita.

E mais forte que os argumentos o volume no bolso de minha jaqueta. Achei que o caso estava encerrado.

O motoqueiro, bem quieto, aproveitando a distração, logo se arrancou.

O barbudo se dirigiu para o carro.

Cruzei a rua de volta pra casa. Já na calçada, escutei o tropel de passos. Me voltei. Eram os dois que vinham atrás de mim. O gordo na frente:

— Pega ele. Pega o puto!

E cada vez mais perto.

— Vamos tomar o berro. E dar um tiro nele!

Corri eu também. Alcancei o portão e senti uma forte pancada na nuca. Dobrei o joelho e quase fui ao chão.

O tempo justo de fechar entre mim e eles o portão gradeado. Consegui prender o trinco, mas não o ferrolho — e já de arma em punho.

O barbudo puxava com as duas mãos, entre as barras, o meu braço esquerdo. E o pirado, tentando se apossar do revólver, me rasgou a manga direita da velha jaqueta. Sempre aos gritos:

— Eu já tomo o ferro. E dou um tiro no puto!

O grosso polegar buscava me acertar um olho e, quando virava o rosto, o outro.

— Entro na casa. E traço a mulher dele!

Me pegou pelo cabelo e fui de cabeça no portão. Ele reclamava:

— Pô, o cara não se entrega. Mas eu já derrubo ele.

Ai, não: morrer assim, numa noite assim, por um louco assim?

Em desespero, bradei:

— Me larga. Que eu atiro!

Mas sem intenção. Um dos braços ainda preso pelo barbudo, me esforçava para livrar a mão direita, que o gordo sacudia pela manga...

Não entendo de arma. Nem estava engatilhada. De repente. No meio da luta. Um tiro só. À queima-roupa.

O gordo caiu aos pés do outro. Sem um pio.

Zonzo de susto, fiquei olhando pro barbudo. E ele pra mim. Agarrado ainda ao meu braço.

Pronto me soltou. Deu quatro passos atrás. Eu falei:

— Viu só? Você podia ter evitado isso.

— Eu... eu não...

— Nada disso era pra acontecer. Mas vocês não quiseram!

Com o tiro minha mulher acordou. E veio descalça aos gritos correndo para os meus braços.

Entramos em casa. Pedi que chamasse uma ambulância. E trouxesse outra jaqueta. Tirei o pijama. Me vesti depressa. Apanhei dinheiro, documentos, as chaves do carro.

Ao sair, você viu o barbudo? Nem eu. O gordo ali no mesmo lugar. Diante do portão. Se debatendo e estrebuchando.

Tentei falar com ele. Só gemia. Eu disse:

— Desculpe. Tenho de te afastar daqui.

Arrastei-o delicadamente para um canto. Puxa, como era pesado.

— Dá licença.

Mesmo que não ouvisse, expliquei:

— Evito o flagrante, né? E não passo por cima de você.

Manobrei o carro. Recomendei à mulher que aguardasse a ambulância e a polícia. E desse com cuidado a notícia para o filho.

Saí por aí, sem rumo. Não sabia aonde ir. Até que me decidi pela casa de um colega, fora da cidade. Contei a história e pedi que me acolhesse.

Vencido o prazo, me apresentei na delegacia com um advogado. Descrevi direitinho o que aconteceu. O escrivão confirmou: a vítima estava demais drogada.

Em casa, no meio da noite, a minha úlcera sangrou. Perdi três litros de sangue. Em choque me levaram para o hospital.

E até hoje não estou bem.

Ai, Ai, Eu Morro

Esse negócio aí do roubo na lanchonete tá tudo errado. A gente andou junto o dia inteiro. Ia num boteco e no outro. De noite, já viu. Tudo bêbado. Não dava pra roubar nada, mesmo que cê quisesse.

E daí ele fez isso. Mas não por mal. Foi só birita e brabeza. A gente numa boa. Ele indo pousar lá em casa.

Isso aí. Eu bebo junto com ele. Mas não tanto como ele. Só cerveja, umas batidas. Essas coisas. Nada de pó nem pedra. Bem, só quando a gente ganha.

É muito ciumento demais. Só fala que tenho de ficar com o machão. Quatro meses estive longe. Agora sozinha já não me larga.

Me pára na rua, me pega no braço. Diz que sou dele. A neguinha dele. Ai, se eu olhar pra outro cara. Ninguém chega perto. E não deixa o meu próprio filho ir lá em casa.

Me bate e judia de mim. Sair na rua não posso. Em qualquer lugar me persegue. Minha filha vai me buscar senão eu apanho. Fatal.

A gente ali no bar tomava a saideira. E só mais uma... Ele anda armado, sempre a faquinha na cinta. A Vila é muito perigosa. E nunca se apartou dessa desgracida faca.

Ninguém parava direito de pé. Os dois abraçados já indo embora. Ele se pendurava demais no meu ombro. E reclamei, orra, de não agüentar o peso.

Deu um berro e me empurrou assim. Garrou a faca. E enfiou ai! ai! ai! na minha barriga.

Eu peguei e falei:

— Pô, não acredito... cê fez isso comigo...

Esmoreci. Já meio deitada.

— Teve coragem... me acuda, ai...

Ele me segurava com a mão esquerda e esfaqueava com a direita. Assim de baixo pra cima.

— Só não me mate.

Desesperada, a luz dos olhos me fugiu:

— Sangue de Jesus tem poder!

— Orra... já foi...

Entregue, eu perdia o sentido.

— Ai, Deus, que eu morro!

Logo logo me finava. Assim direto. Então pedi um beijo de adeus. E cuidasse da minha filha. O que, nessa última hora, fez o machão?

Duas vezes me negou.

Um rapaz acudiu aos gritos. Foi o noivo da minha filha.

— Olha lá. O Pipoca deu a facada... Deu a facada na tua mãe!

Daí o puto fugiu, esse ladrão da minha vida — e com ela pingando no maldito punhal vermelho.

Eu desmaiei e logo acordei. Já viu uma cachorra atropelada no meio da rua? Essa era eu. Me arrastava ali no chão. Um bando de caras nojentas em volta. Bem que apreciavam o quadro.

Toda me esvaía pelas três bocas abertas na barriga. Cada uma cuspindo sangue. Até que a ambulância chegou.

Fiquei uns quatro meses me recuperando. Ainda tô com problema da cirurgia. Olha que faz tempo. Tomei direitinho o remédio. E não pára de doer.

Agora a gente tá junto de novo. Assim que me força pra ficar com ele. E não dá jeito de conhecer um cara legal. Se eu arrumasse outro até que era bom.

Tô com ele mais de medo. Pediu que desistisse da queixa na delegacia. Não me sangrou até o fim, ô louco! na hora da morte gritei por Deus. E faltava coragem pra matar gente de Deus.

Pô, chamei uma? não, duas vezes de corno? e daí me acertou os pontaços? Que nada. Vê se ia falar assim uma barbaridade.

O que eu disse é que nunca me dá um trocadinho. E podia ser um pouco mais delicado. Só por isso ganho umas facadas?

Um olho torto e vozeirão grosso:

— Outro não põe a mão em cê!

O outro? Um viúvo fofinho. Ia me visitar quando fiquei de cama. Eu tava até começando a gostar dele.

Escreva aí, chefia. Escreva... tudo... o que...

Epa! Isso não vai me complicar em nada, né? Tenho medo que ele ameace a gente. Fatal. E venha de novo pra cima de mim, né?

Com aquela bruta faca.

Apanha, Ladrão!

Acho que sou o pai e o avô de todos os ladrões de Curitiba. E o mais azarado também. Já passei dos 70 e ainda na ativa. Nunca tive sorte. Nem acertei um grande golpe. O lucro sempre foi pequeno. Isso aí: só mixaria.

Tentei todas as profissões: peão de trecho, montador mecânico, garçom, carrinheiro. Com a idade, veio a decadência. Sem trabalho, caí no crime.

Comecei com estelionato. Bilhete premiado? pingüim? conto do paco? O 171 não era pra mim. Otário, eu também, na roda de pilantras.

Daí afanei uns bagulhos aqui e ali. Pouca experiência, fui preso a primeira vez.

Desde os 45, só deu cadeia. Fico um ano, um e pouco fora. Pronto, lá vou eu de novo. Ninguém por mim. Nem mãe, nem mulher, nem filho. Nada cai do céu. Não vivi do trambique, mal sobrevivi dele. Senão já tava era morto de fome.

O governo ajuda você? Nem a mim. Desta vez, se for uma pena mais leve, pelo meu sentido que aceito a punição. Seja ela justa, eu cumpro. Basta que Deus me dê saúde.

Tô com prisão preventiva nesta 5ª Vara. Mais uma pela 10ª. Qual a menos ruim: temporada na penita ou precisão na rua?

As duas são piores.

Sabe que, lá dentro, pelo menos sossego a cachaça, né? Porque sou pinguço. E dos brabos.

No 1º Distrito foi por um flagrante. Daí meu advogado veio, pediu mil paus. Dei 500. E mais um monte de trecos. Ele falou que tudo legal. E agora me mandam pra Justiça. Esses doutores do crime são todos uns cafifas do preso.

Na minha carreira nunca fiz mal pra pai de família nem nada. De mulher nunca abusei. Por bem, se ela quiser... Sou macho muito inteiro.

Tenho uma companheira na rua do Mercado. Duas vezes por semana dou um picote na velha. Nada de juntar trapinho. Só namorados.

Isso aí, chefia. Essa tevê colorida eu levei mesmo. Parei diante da loja e tinha bebido umas pingas. Não é que deixaram ela pertinho da porta? Eu peguei, pus nas costas, atravessei a rua.

Já tava na Praça Osório quando me alcançaram. O cara até falou:

— Poxa, você rouba com nome da loja e tudo. Até a etiqueta de promoção e tudo!

É que eu tava bem chapado. O cara me viu levando a tevê e veio atrás. Tanto que veio a pé. Da loja até a praça andei mais de um quarteirão.

Uns anos de cadeia mais um pouco de prática — você acaba o teu melhor advogado. Aprende a lidar com esse maldito artigo 155. Tô preso desde 2001. Cumpri no Ahu. Depois fui pra Colônia Penal. Saí de portaria de Natal.

Cometi novo delito. Peguei dois anos e meio pela 9ª Vara. Fui agraciado por indulto parcial em 13 meses. Só que agora tenho direito a entrar com pedido de Colônia.

Minhas penas somam três anos e nove meses. Já tinha cumprido um sexto. Pô, não é que caí nessa falta grave?

Na minha idade, já viu, um bagaço de osso. Mordido, roído e cuspido. Será que nunca não aprendo? Condenado a repetir a vida inteira o mesmo engano?

Então, é assim? Apanha, ladrão desgracido de merda. Apanha na cara!

O velho se esbofeteou com força. Uma e outra face. Depois cuspinhou uma, duas, três vezes. O mais longe que podia. Mal evitou de acertar no próprio pé.

Pô, tava ruim até de cuspo.

Quem, Eu?

Nada disso que ela me acusa é verdade. Quem, eu? Nunca fui de estuprar ninguém. Imagine, doutor. Um filho é capaz de fazer isso com a própria mãe?

Está me denunciando por causa da tal casa. Quer que eu saia. Diz que é dela. Mas é muito minha. Foi presente da avó que já morreu.

Há muitos anos aposentado. Sou es-qui-zo... sabe, né? Doidão da cabeça. Isso aí: píssico. Dependo de dois psiquiatras. E vivo debaixo de comprimido.

Não usei de nenhum estilete pra cortar a mãe. Se feriu sozinha e faz de conta que fui eu. Meu pai não mora com ela. Os dois se apartaram quando eu era pequeno.

A gente sempre se deu bem. Geniosa, prefere ficar sozinha. Ela e essa desgracida cadela Xuxa.

Mais de uma vez fui internado na clínica. Os tais choques elétricos... sabe, né? E, por causa dos malditos remédios, sou impotente. Então como é que podia estuprar?

Meus filhos têm oito e dez anos. Não lembro da última vez que eu... Todos esses comprimidos roubam a força do homem.

No meu entender a avó doou a casa pra mim. Essa a diferença com minha mãe. Por que agora cismou de vender? Não é onde moro com a família? E daí, pra onde a gente vai?

Diz que ameacei ela de morte. Mas não é verdade. Acho que tem problema de cabeça. Bom filho sempre fui.

Eu tava quietinho, assim de bermudão azul e camiseta preta. Era de noite.

O telefone tocou. Eu disse:

— Alô?

Ninguém respondeu.

Em seguida palmas e brados fortes no portão.

Era um vizinho... sabe, né? O soldado lazarento. Me puxou pra fora. Deu um soco no rosto. Derrubou no capô da viatura. Aos berros:

— Tarado! Filho tarado!

Daí me algemaram e jogaram no camburão. Lá fui eu pro hospital.

Quiseram que visse os cortes e arranhões no corpo de minha mãe. E uma calcinha toda rasgada ali em cima da mesa. Mas ninguém achou nenhum estilete comigo.

Me trouxeram pra cá. Estou sozinho numa cela. Bem longe dos outros. Daqui ouço ainda os gritos de ódio.

— Monstro! Maldito!

Quem, eu?

O Menino da Sua Mãe

O meu filho é esquizofrênico desde os 18 anos. Tratado agora por uma doutora com essas pílulas de laboratório. Tipo assim de cobaia. E acho que só tem piorado.

O comportamento dele com a mulher e os filhos é imprevisível, ora carinhoso, ora agressivo até a violência física. Ela toma remédio para a depressão. Os meninos são problemáticos. Um se envolveu com droga, outro é gago.

A minha cachorrinha Xuxa ele já quis envenenar, ainda bem acudi a tempo.

Está procurando sempre uma briga. Por causa da doença, acho. Mora na casa dos fundos e não me paga aluguel. Pudera, com essa miséria de aposentadoria. Dependem os quatro da minha ajuda.

Ele ameaça quem está perto. Até mesmo eu, que sou a mãe. Me chama disso e daquilo. Coisas tão horríveis que, depois de todos esses anos, a gente não podia mais viver lado a lado.

Busquei um acordo com ele. Vendia a casa e lhe dava o dinheiro para comprar outra, mais longe. Não quis e mostrou um papel assinado pela minha falecida mãe. Escrito por ele, com a própria letra, assim fosse um presente da casa. Sou pessoa esclarecida: doação se faz no cartório com duas testemunhas.

Não sei de outra pessoa que ele tenha atacado. Isso mesmo, do exame de lesões no hospital, foi colhido material. E o resultado todos já conhecem. Não, a polícia não chegou a levar o estilete. Aqui no pescoço foi um pequeno corte. Superficial, mas que sangrou bastante.

Acredito que não queria me ferir e só assustar. Agarrou pelo pescoço e sacudiu com força. Riscando de cima pra baixo o maldito estilete.

Sou pequena e fraca. Não tinha como me defender. Achei que desta vez podia matar. Foi muito rápido. Uma cena medonha.

O ataque lá no meu quarto. Eu via a novela na tevê. Não sei de onde ele veio. Entrou pelo portão ou pulou o muro, que é baixinho.

Eu tinha cortado o cabelo curtinho. Vestia uma saia azul e blusa branca bem simplesinha. De repente ele estava ali. Junto da cama. Chegou e já me agarrou. Falando sem parar, engasgado, atropelava as palavras.

Olho vago — nenhum contato humano. Logo vi que estava alterado. Repetitivo, só palavrão. Uma espuminha branca no canto da boca.

Que ia me matar. Chega de mentira. Cortava a minha língua. Essas coisas de gente píssica. Xingava furioso e — mais assustador — com a voz bem baixinha.

Eu conseguia sempre acalmá-lo. Já tinha outras vezes me agredido. O estilete fica num estojo de maquiagem sobre a penteadeira. Ele sabia porque o usava para apontar o lápis.

Desta vez foi direto. Abriu a caixinha, pegou o estilete, veio pra cima de mim:

— É hoje. Danada do capeta. Desta não escapa. Sua bruxa do mal!

Eu só falei:

— O que é isso, meu filho? O que é isso?

Em resposta, me afogou o pescoço. E riscou de leve o estilete. Sei que não queria machucar. Foi tudo tão ligeiro. Senti uma cosquinha. Ai, um ardido frio. E as gotas quentes, ai, ai, correndo vermelhas e molhando a blusa.

Me apavorei demais. Até esse dia era apenas soco e pontapé. Nada parecido com sangue.

E daí fez o que bem queria. Não foi com violência, não. Igual um sonâmbulo, perdido lá longe.

Mandou que tirasse a calcinha ou ele rasgava. Assim eu fosse o quê? Uma qualquer.

Ainda falei:

— Olha que eu grito. Me larga senão eu grito!

Qual, ele nem estava ali. Eu ia obedecer. Sabia que falava sério, já tinha retalhado a blusa.

Nem pude salvar a calcinha. Possesso, fez em três pedaços.

Estava pronto. Sem mais palavra, penetrou. Gozando em seguida. Foi uma longa ejaculação.

Então me soltou. Se enxugava numa ponta do lençol. Fechou o zíper. E se foi, sem um olhar. Esse aí simplesmente não era o menino da sua mãe.

Fiquei algum tempo sem saber o quê. Levantei e me cobri.

Lembro ter pensado: "Antes eu, e não outra. Que outra iria se conformar? Se o teu filho é pirado, até isso você deve sofrer. Quando todos condenam, não é a mãe que perdoa sempre?"

E ao menos não havia perigo de engravidar, já que estava na menopausa.

Descalça e machucada, mal podia andar. Fui primeiro ver se, na passagem, não tinha jogado a pequena Xuxa pela janela.

Então pedi ajuda ao vizinho, que é soldado. Baixei a blusa. Mostrei os arranhões e o corte sangrando, pouco mas estava.

— Olha só o que o filho me fez!

Lamentações de mãe, sabe como é. De quem se desculpa. Não por mim. Por ele.

A mulher do soldado viu a blusa toda rasgada e manchada. Correu trazer um camisão pra eu vestir. Daí todos sabem o que aconteceu.

O meu menino foi preso. E levaram o infeliz, apanhando de dois brutos lá no camburão. Soube que prometia se matar e chorava muito.

Quanto tempo durou o ataque lá no quarto? Sei não... o que...

Ai, doutor. Foi todo o tempo do mundo.

Um Tiro Só

Daí eu fui lá no João e perguntei se queria comprar o barraco. Nele morou dois anos, até me chamava de compadre. Pagava aluguel, estava satisfeito e tudo bem. Só que agora não dava certo, já tinham cortado a luz e a água. A mulher queria voltar pra casa dos pais.

Então conversamos sobre o preço, eu perguntei quanto daria. Respondeu que 1.000 paus, achei pouco, aumentou para 1.300. Eu pedi 1.500, em nome da amizade. Concordou pagar em 30 e 60 dias.

Perguntei se não podia adiantar um sinal. Ele ofereceu 100 paus para sexta-feira, naquele dia não tinha. Fui na sexta, ele disse que só no sábado. E no sábado também não tinha. E viesse na segunda.

Respondi que voltava em 40 dias para receber o total. Cada vez eram 15 quilômetros pedalando na estradinha de barro.

No dia combinado aceitei uma carona do meu irmão Pedro que ia vender lingüiça nos bairros. Ele perguntou do negócio do terreno. Eu disse que tinha vendido e devia receber 1.500 paus. Ele se ofereceu para me levar porque era caminho.

Chegamos lá e o João veio conversar. Esfregava as mãos, queria mais 30 dias para acertar a dívida. De repente ele e o mano começaram a discutir. Ao nosso baixinho invocado era só promessa de mau pagador.

Daí rolou uma confusão: o Pedro insistindo que o cara nunca ia pagar, os dois se enfrentavam aos gritos.

— Pra mim chega!

E pedi que se calassem. Eu só queria cair fora dali.

Os dois agora aos berros, com punhais nos olhos. Meu irmão repetiu que ele me fazia de bobo, eu nunca ia ver o dinheiro.

Então o João respondeu que pagava *se quisesse*. E, quando falou isso, eu que estava quieto:

— O senhor não é homem. O que foi que nós acertamos?

Ele acudiu que era, sim. Muito homem. Mais homem até do que eu.

Não é que meu irmão foi pegar o revólver no porta-luvas? Engatilhou. Meteu na minha mão:

— Você mata esse safado.

Fiquei com a arma na mão, olhando para um e outro.

— Ou eu mato vocês dois!

O Pedro só repetia:

— Mata ele. Senão eu é que mato os dois!

Daí o João encarou feio e cresceu para mim:

— Você não é homem de atirar!

E abriu a camisa, peito franzino de fora:

— Não é homem, porra!

Ele desafiando e o irmão infernizando. Porra! daí eu puxei o gatilho.

Mas não para acertar. Só que ele rodeou. Ficou rodeando no mesmo lugar. Veio de volta. E foi de cara no chão.

Um tiro só. Pra mim tinha sido no braço. Não atirei pra valer. Mas eu vi que foi no peito e me apavorei.

O Pedro gritou:

— Entra no carro. Entra no carro.

Guardei a arma no porta-luvas. Ele queria que fosse até a sua casa. Eu mandei parar logo adiante. E antes de descer:

— Avise o pai.

Ia me perder sozinho no mundo.

— E que a mãe me perdoe.

Um tiro só. Era uma sexta-feira. O dia mais desgraçado da minha vida.

Tio Beto

Depois do que aconteceu, minha mãe mudou de bairro. Agora estudo na Escola Bom Menino. Pertinho aqui de casa. Só ir direto, a mãe quem leva, uns dez minutos a pé. Saio às sete e meia, a aula começa às oito.

No sábado vou à igreja. Domingo sozinha no quarto bobeio à toa.

Já estudei, sim, numa escola que eu ia de *van*. Todo dia, menos sábado e domingo. Era a primeira a entrar e a terceira a descer em casa. Quando eu ficava, tinha ainda umas dez meninas na *van*.

O motorista era o Tio Beto. Ele saía de uma casa pra outra. Na ida e na volta. Até que passou a deixar todas as meninas primeiro. Eu fiquei por último. Sozinha com ele.

Daí falou:

— Vou dar um pulinho ali.

Até uma ruazinha meio escondida no mato. Sem nenhuma casa por perto. Parou, saiu e foi atrás da *van*.

Não podia ver o que estava fazendo. Só eu lá dentro. E fiquei um tantinho assustada. Então voltou, a cara vermelha, e me deixou em casa.

Meu lugar era bem no fundo. Depois que todas as meninas desciam, mandava eu mudar pro primeiro banco. Ali perto dele. Me olhando o tempo todo pelo espelho. Eu ia pra frente com medo de alguma coisa ruim escondida lá atrás.

Assim que eu sentava no primeiro banco, ele passava a mão em mim. Pelo cabelo. O pescoço. O peitinho. Eu não sabia o que era, mas não gostava. Tinha medo do olhar dele no espelho. E tirava a mão. O tio voltava com a mão. E cada vez eu tirava.

Depois foi baixando a mão. E pegava aqui. Fazia isso todo dia. Sempre. Todo dia me deixava por último. E fazia isso. Bem assim.

Às vezes a mulher dele, gorda de chinelo e dentinho de ouro, estava junto para abrir e fechar a porta. Daí o tio não fazia nada.

Senão deixava todas as meninas. Era volta pra lá, volta pra cá. A última sempre eu. Assim ficava sozinha com ele. E fazia isso.

Ou falava pra pegar na mão dele. Era pra segurar a mão peluda dele.

— Veja como ela treme...

Dirigia a *van* com a mão esquerda. Desabotoava a calça. E mandava eu espiar. Mas não sou boba e fechava meio olho. Acho que o tio queria que visse o piu dele.

Nessa hora é que dava mais susto. A voz ficava rouca. O olhão verde enchia todo o espelho. Pela careta medonha até parecia uma cólica daqueles dias na minha mãe.

Uma vez, sim. Eu me lembro. Botou os cinco dedos por baixo da minha roupa. Aí pegou a minha mão. E pôs dentro da calça dele. Foi nessa vez que me machucou. E machucou tanto, que doía.

Daí eu cheguei em casa. Joguei numa cadeira a bruta mochila. Caí no choro.

— Você vai brigar comigo, mãezinha?

Antes de eu contar, ela já ficou muito nervosa. Andava pela sala. Estalando, um por um, o nó dos dedos.

— Diga, mãezinha, que não briga comigo.

— Por que brigar, filha, se você não fez nada errado?

E vendo o meu rostinho molhado.

— Ou será que fez?

Bem disso tinha receio. Achasse que a culpada era eu. Daí tudinho contei. Que todo dia o Tio Beto me passava a mão.

— E por que não falou?

Disse que sentia muito medo dele.

— E não se defendeu por quê?

Cada vez que ele punha a mão, logo eu tirava. Só que tinha mais força. E voltava com aqueles dedos curtos e grossos. E desciam pelo meu corpo. E duas vezes chegaram até o meio das pernas. Assim. Dentro da calcinha. Lá.

Aí parei. E olhei pra ela.

— Confie em mim, filhinha. Não vou te castigar nem nada. Pode falar.

Então contei. Tudinho. Que ele botava a mão primeiro fora da calcinha — e bulia, bulia. Não sei como não rasgou. E depois dentro da calcinha. Até que eu gritei:

— Ai! Ai!

O tio se assustou.

— Por que gritou *Ai! Ai?*

Eu disse:

— Porque está doendo.

Daí ele parou.

De querer pôr o dedo dentro aconteceu duas vezes. O tempo todo falando que eu era bonitinha. Bem crescida para oito aninhos. Só pensava em mim. Me ver nuinha. Ia casar comigo. Mas ninguém podia saber.

— Ouviu, anjo? Ninguém!

Eu, euzinha morria de pavor. Do que era capaz. Cortar em sete pedacinhos a triste de mim? jogar pras piranhas dentuças do Rio Belém? enterrar viva e de olho bem aberto no canteiro de rosas amarelas?

E a mãe decerto achava tudo culpa de quem? Não sou eu, logo eu, a errada sempre?

Perguntei a uma amiguinha o que eu devia. Contar? mesmo que o tio botasse fogo na *van* com todas as meninas lá dentro, ou me calar? Por ela, falava assim que chegasse em casa.

E foi o que fiz.

— Mas por que, filhinha? Por que não se queixou antes?

Então ela não via que eu andava bem nervosa? Roía a unha. Perdida sempre nos cantos. Tipo muda. E qualquer coisinha eu chorava. Só ela não via?

Na mesma hora a mãe me levou ao médico.

Ele foi espiar. Ficou só meio avermelhado. Mas estava tudo bem.

Voltamos para casa. Ela correu pro telefone. E botou a boca no Tio Beto:

— O que você fez, seu bandido? Com a minha filha?

Ela contou que o tio só dizia:

— Calma. Calma, senhora. Por favor. Se acalme que eu explico.

Mas não explicava. E a mãe, aos berros:

— Seu isso. Seu aquilo. Ah, se o João estivesse aqui... Você era um homem morto!

Ele não se defendeu nem nada. Ficou bem quieto. Era só:

— Calma. Por favor. Calma, senhora.

Minha mãe deu queixa na polícia e no colégio. Depois não sei o que aconteceu com ele. Nem me interessa.

Mudamos de bairro. E agora estou na nova escola. Já conheci duas amiguinhas bem queridas.

Domingo, se a mãe não estalar tanto os dedos, vamos ao parquinho. Só nós três.

O Gato de Muleta

Naquela tarde fui na Cidadania pedir um auxílio. Uma cesta básica. Eles disseram que não podiam dar, não. Já tinham ajudado menos de um ano atrás. Lá a cesta básica é uma por ano.

Sem serviço e sem animal para trabalhar, tava dependendo da mãe. E a sogra, desgracida, não me deixa visitar os piás. Chegou a erguer uma cerca alta. Com arame farpado e cadeado. Diz que não levo um pedaço de pão para os filhos. Do outro lado da cerca, me xinga dos piores nomes.

Pê da vida, fui dar umas voltas. Encontrei o velho amigão Pastel, outro catador de papel no carrinho. Conversamos e fomos tomar um gole de pinga. Na frente do boteco tinha um ponto de ônibus. Eu fiquei no ponto e ele foi embora.

Daí eu vi a casa. Do outro lado da rua. Toda fechada. Ninguém por perto. Achei que fácil de entrar.

Lá tava eu. Parado no ponto de ônibus. Pensando nos quatro pivetes. A casa olhando pra mim. Sei lá, tinha bebido umas e outras. E pintou esse lance. O Pastel ia longe.

Então fui lá e olhei pros lados. Bati com a muleta no vidro. Quebrei. Botei a mão por dentro e abri. Já mostrava pra essa velha bruxa.

É que trabalho com carroça. E não amarrei o cavalo a par dum barranco? O meu pangaré foi comer capim e caiu direitinho no buraco.

Se quebrou todo. Quis acudir, quem dera. Demais pesado.

E o parceiro morreu.

Fiquei sem serviço. Vendi metade do barraco pra comprar outro animal. Assim podia juntar papel e dar sustento pros filhos.

Daí passou um tipo lá e roubou o cavalinho de mim.

O único jeito foi a mulher ir pra casa da mãe dela mais os piás. Eu fiquei no mocó da minha velhinha. Sempre na espera da aposentadoria.

Atropelado na linha do trem perdi um taco da perna. Com um pino agora no joelho torto. Ando, só que manco. Deficiente e precisado. A pensão sai não sai. Diz que não paguei o Instituto.

Lá tava eu. Parado no ponto de ônibus. E pintou o lance da casa. Fui direto, quebrei o vidro. Abri a janela e pulei pra dentro. Na sala tinha um som e uma tevê. Embrulhei tudo. Pô, a falta que me faz uma terceira mão. Se ao menos o Pastel.

Bem na hora já tava saindo. Juro que nem ia levar. Deu o maior azarão. Não é que se abre a cortina? E um grande filho da mãe, aos gritos:

— Ó você aí? Ó de casa!

E eu, burro de mim, achando que era outro ladrão:

— Pô, não vê que cheguei primeiro? Aqui tô roubando eu, cara!

*

Lá pelas cinco da tarde, chegando em casa, dei com a janela quebrada e aberta. Ouvi ruídos lá dentro. Me cheguei, abri a cortina:

— Ó de casa! Ó você aí?

E alguém, na surdina:

— Ei, cara, aqui tô roubando eu!

Afastei mais a cortina. E a mesma voz abafada e rouca:

— Pô, não vê que cheguei primeiro? Aqui só dá pra um. Ache outra pra você.

Ao pé da janela o aparelho de som enrolado num lençol.

— Tá roubando, é? Então vem aqui fora.

Na sala o cara fazia uma trouxa com a tevê. Ele se levantou e vi que era coxo.

— E a gente divide.

Daí se virou e pegou a muleta. Quis me acertar pela vidraça quebrada.

Dei um passo atrás. Segurando a ponta da muleta, puxei com toda a força. Ao arrastá-la, veio junto a mão do malaco.

Agarrei ele pelos dois braços e trouxe para fora. Perdeu o equilíbrio, pendurado ali na janela. Furioso, começou a xingar:

— Ah, seu filho da mãe. Grande fidaputa. Me solte, seu bundão.

Apertei mais firme os bracinhos enfezados.

— Daqui não escapa.

— Enquanto cê tá me pegando, sabe a tua mulher?

— Cala a boca.

— Ela tá te corneando!

Sem largar, bradei para o vizinho, que saiu na varanda:

— Seu João, ligue pra polícia. Peguei o safado desse gato!

— Gato é tua mãe. Corno manso. Filho disso. Filho daquilo.

O vizinho voltou correndo. A polícia já vinha já.

Daí o tipo começou a se jogar contra a parede. Era só cabeçada e pontapé. Sempre aos berros:

— Eu vou preso. Mas volto pra te matar.

Conseguiu soltar um dos braços. Mal seguro ainda pelo outro.

— Pode voltar. Cala essa boca suja.

— Já tá morto, seu puto!

— Venha que te pego de novo.

O vizinho, um bruto homenzarrão, viu que era aleijado. Daí entrou para amarrá-lo. Saiu bem depressa.

— Poxa, esse manquinho é do capeta.

Tropeçando e se arrenegando.

— Ele se firma no chão. E passa rasteira com uma perna só!

Pronto chegou a viatura com dois policiais. Sem conversa, deram uma gravata no malaco. Zonzo e roxo, epa! lingüinha de fora.

E, ao ser conduzido, no último fôlego:

— Seu filho da... Eu vou mas volto... Tua mulher...

A Festa É Você

Naquele dia o tio ligou lá para casa. Eu atendi e, pela voz, sabia quem era. Disfarcei a minha:

— Número errado.

— Ei, Edu. É você mesmo.

— Sou, não. Aqui não tem nenhum Edu.

— Pensa que não conheço a tua voz? É você, menino.

— O senhor está enganado.

— Hoje dou uma festinha aqui em casa. E quero que você venha.

— Não sou quem o senhor pensa.

E desliguei. Mas ele não se convencia. Tanto chamou, que minha mãe atendeu. Disse que eu não estava, inútil insistir.

Daí o tio apareceu lá em casa. Já tinha ido de visita umas dez vezes. Tomava café com a minha mãe e os meus irmãos. Foi me buscar para a tal festinha, e como dizer não?

Só que cheguei lá e não tinha festa nenhuma.

— Menino bobo... A minha festa é você!

A gente se conheceu em outubro na Boate Cats. Na mesma noite me ofereceu um pacotinho de pó e três bolinhas para usar com bebida — e do último trampolim me atirei de cabeça lá na piscina sem água.

Daí comecei a freqüentar a casa dele, onde cheirava pó e queimava pedra. Me deu umas balas chamadas êxtase — uai, nem te conto, cara!

Foi assim que me iniciou nas drogas. Me viciou e depois me usou.

Naquele noite, de tanto pó, bolinha e bebida, eu apaguei. O tio me deitou na cama dele. Acho que continuou a festa sozinho.

De repente ele me acordou. Descobri que eu estava nu. O tipo, bem doidão, de olho vermelho. Querendo fazer sexo. E, primeira vez, eu de mulher. Ainda meio abobado, ri na cara dele. Uma bicha velha mais louca daquelas.

Só que o tio ficou nervoso e veio pra cima de mim. Querendo me agarrar à força.

Então começamos a lutar. Ele era alto e forte. Eu, mais moço e ligeiro. Batendo um no outro, rolamos pelo quarto. Fugi para a cozinha, ele me perseguiu. Eu estava muito dopado. Não lembro direito o que aconteceu.

Sei que alcançou uma faca ali na mesa. E me feriu várias vezes. Eu sangrava pelas mãos, braços e o corpo inteiro. No desespero de me salvar, arranquei dele o punhal.

Daí só lembro de estar me vestindo — os dedos lambuzados de mel vermelho. Fui pegar o carro dele. Muito fraco, sacudido de tremores, com medo. Eu moro na Vila e nem tinha dinheiro pro ônibus.

Trouxe ainda as roupas que o tio me deu. Mais o aparelho de som, a tevê e o DVD. Era tudo presente. Falava que ia me levar nas lojas para comprar roupa nova. Só que nunca levou.

Por muito favor, me buscava lá em casa nos fins de semana. Passear no Parque Barigüi. E, às vezes, uma fugida até a praia.

Não lembro se dei umas facadas. Sabe lá o que é estar chapadão? Deve ter sido uma sangueira. Minha e dele. Cheguei em casa com a sola do pé grossa de sangue coalhado.

Umas duas ou três facadas? Sei lá. O quê? Treze?! Então não fui eu. Ele pegava e falava que ia me arrumar um emprego. Além de pagar curso de inglês e computação — e pagou pra você? Nem pra mim.

Isso aí. Eu conheci o tio lá por outubro. Acho que tinha uns 40 ou 50 anos. Não sei a profissão dele. Nem onde trabalhava. Só dizia que era doutor e bem de vida.

Tinha um álbum com fotos de garotos nus. Embaixo de cada um, florinhas em volta, a nota de 1 a 10. A minha era 8 (só 8? que desgracido).

Assim levava muito menino na conversa. Ao menos, a mim levou. Fui usado desde o primeiro dia. Primeiro viciava com droga e bebida. Depois se servia. E chafurdava, o porco.

Me deu pó, cheirei. Me deu pedra, queimei. Me deu êxtase, pirei.

Só lembro, enquanto a gente lutava, das pegadas de sangue vivo no piso branco lá da cozinha.

Foi um grande apagão. Tudo aconteceu no meio desse nevoeiro tão grosso que eu podia riscar com a unha. A faísca de punhais aqui e ali. Era eu aquele garoto nu e perdido? Me debatendo, aos gritos, e arrastado para o fundo do negro remoinho?

Decerto que me arrependo. Mas o culpado, me diga. O tio não é o culpado de tudo? Se não inventasse a tal festinha. Falou até com a minha mãe. Foi me buscar lá em casa.

E estava de olho no meu irmão menor.

A Casa de Elvira

A gente bebia, é certo. Elvira mais do que eu. Três anos ficamos juntos. Bebendo, fazendo amor, brigando. Pouco depois que nasceu a menina, ela me abandonou.

Deixou a casa e a filha comigo. Tudo por causa da bebida. Trabalhava com a mãe na lanchonete. Louca por homem, virou a cabeça. E me largou.

Bebendo, fumando e dançando nos bares lá da Vila. Todo dia com um namorado diferente. Recolhido à noite pela porta dos fundos. Isso eu vi umas seis ou sete vezes.

A vida toda a casa de Elvira foi cheia de homem, droga e bebida. Eram ela, a mãe, duas irmãs, mais as amigas. Tanto que o dono já pediu o despejo, ao saber da confusão de bebedeira e mulher fácil.

Um dia a menina me disse:

— Sabe, pai? Eu vi a vó pulando na cama com um homem.

Não falei nada. E o anjo:

— Tava peladinha!

Já sabia: a velha tinha um tipo casado que três vezes por semana freqüentava a casa. E bastou que esse deixasse de ir para arrumar outro.

Daí eu pedi ao Conselho Tutelar a guarda da menina só para mim. Dei o motivo: muito homem e muita farra. Foi quando a Elvira jurou se vingar. Até me ver preso.

Desde que nasceu, quem acode o anjinho? Quem fazia mamadeira e papinha? Trocava e lavava as fraldas? Dela eu cuidei como pai e mãe. Trabalhava direto e, na minha ausência, a mana solteira deu banho e ficou de companhia. Assim é apegada a mim e não à mãe. Essa a largou para que eu criasse. Se me demoro na rua, já viu, doentinha de saudade.

Só de vingança, para tomar a criança de volta, a Elvira fez essa denúncia. Qual pai tem coragem dos atos de que me acusa? Bem eu, que freqüento a igreja evangélica, e isso desde criança.

Um ano e meio faz que deixei a bebida. Eu bebia, é certo, por influência da Elvira. Ela me levou para o vício. Hoje estou livre. Do trabalho saio ligeiro para a igreja. Salvo das tentações da carne, glória, glória, aleluia!

Tenho, sim, mais um vício. Que é do cigarro, esse não consegui ainda largar. Mas não tenho rixa nem inimizade com a vizinhança. Todos me querem bem. Pode perguntar a quem me conhece.

Não uso droga. Só experimentei no tempo dessa maldita Elvira. Ela quer agora dar uma de séria. Basta você passar pela casa e ver a folia. Todo mundo nu. Bêbado. Na maior bacanal.

Se os vizinhos reclamam da zoeira, ela desacata queixoso, fiscal e polícia:

— Qual é a lei que me proíbe de beber?

Sempre a mais exibida de todas. Desfilando só de calcinha para o galã dela. Um tal Curitiba. Ou Tibinha, gigolô barato.

Prova de Redação

Ai, doutor João, estou tão emocionada em lhe escrever. Nem pensei tivesse coragem. Uma colega minha me contou e fiquei muito interessada. Quem sabe?

Já fiz 16 aninhos. Não sou virgem. Sempre tive namorado, um deles quis noivar a todo custo. Eu, hein! Lá sou boba.

Posso gazear a última aula. É prova de Redação, que eu detesto. Vou mesmo com o uniforme da escola (parece que o doutor assim prefere): blusa branca, saia curta azul e a meia até o joelho. Já tenho peitinho, mas não uso sutiã.

Minha colega (não posso dizer o nome) me contou como é. Que o doutor conversa uns cinco minutos. Muita palavra com inicial maiúscula e ponto de exclamação. Pudera, não fosse da célebre Academia de Letras!

Em seguida encosta a gente de pé contra a parede. Desliza o dedo pelo rosto. Em volta dos lábios. De leve na ponta da língua. Sem querer, ela (eu) chupa gostoso esse dedinho gorducho.

Então o doutor beija na boca. De olho aberto. Pede que a gente dê a língua. Chega a morder com força. Aqui tenho de lhe avisar (ou *avisá-lo?* sou meio fraca em gramática): não posso chegar em casa com marca nenhuma! Minha mãe é da igreja pentecostal (eu também). Ela fica sempre espiando o meu corpo, se nota alguma diferença.

Aí o doutor abre devagarinho os botões da blusa. Em cada um, elogia — com palavrão de espanto — o que vai descobrindo. Segundo botão, mais espanto. E outro palavrão... Puxa, nome feio eu não conheço mais de dois. E tem sete botões o uniforme!

Daí o peitinho fica bem duro na sua boca. E a gente começa a gemer nem sabe por quê. Diz ela que o doutor alisa as coxas, que pronto se arrepiam. E sobre a calcinha — lá mesmo. Em resposta, ai, os teus? ai, os meus? lábios já vertem duas gotinhas de prazer... Mamãe!

Por falar em mãe, já pensou? Ela abre a porta e me vê: blusa? meio aberta!

saia? meio erguida!

calcinha? meio abaixada!

SOCORRO!

Nessa hora, se bem entendi, o doutor exibe o que chama de Memorial de Curitiba, com troféus e escudos pendurados. E manda pegar — ui, que medo! Tão quente que é, a mãozinha dela tremia. O senhor vai querer que eu pegue também?

Diz minha colega que a gente obedece. Envolve e segura, cuidado! sem massagear. Daí sente na palma da mão — como é mesmo? — as vibrações e ondas do carrilhão de Quasímodo tinindo por sua Esmeralda, uai. Isso com os peitinhos à mostra e de boquinha aberta. Para os mil e um beijos... Beijos? não. Ah, já lembrei... Mil e um ósculos de ninfeta libertina!

De repente o doutor me empurra (eu? ela?) de cara contra a parede. Ergue a saia e bota o Ponteiro do Relógio de Sol (tem um lá na Praça Tiradentes, isso que é falar bonito!) dentro da calcinha entre as bochechas (ai, lindas bochechas minhas, bem redondas, assim empinadas).

Agarra com fome um seio em cada mão. Chama ela? eu? de cadela e putinha. Vira a gente de novo e, sem aviso, epa! dá uma tapona estalada na cara.

Manda ficar de joelho e beijar e... Chupar, doutor, eu sei. Bem direitinho. Só tem que cuidar com a bofetada. Se a minha mãe ver (ou será *vir?* acho que faltei essa aula), ela me mata! O senhor tem que bater por cima da cabeleira (sim, loira natural, se quer saber).

Minha amiga diz que o doutor faz a gente pôr na boca o pau inteiro. Daí fala sacanagem (não tenho coragem de repetir) enquanto eu? ela? obedece. Depois tem de ficar de pé, descer a calcinha, bem degava... devagarinho. Rebolar a bundinha e aí se masturbar na sua frente.

Nunca me masturbei na frente de ninguém. Isso eu não sei se vou conseguir. Parece que o doutor manda deitar na cama, erguer a saia, abrir as pernas. Afastar os grandes lábios e tintilar (ou é *titilar?*) gentilmente um? dois? dedos na... concha rósea bivalve (assim que se escreve?). Só de pensar, o meu botãozinho fica todo babado.

Quando a gente pede pra morrer, o doutor oferece a pica bem dura, que ela? eu? abocanha e goza, de olhinho fechado.

— Ei, sua putinha! Assim, não. Olhe para mim!

Eu abro e olho, o Carro de Guerra do Faraó todinho na boca. Ai, que vergonha. Que tremedeira. E gozo. E me reviro pelo avesso: ó gritaria na alma!

Daí mete na xota molhadinha. A tua penugem dourada é, para o doutor, uma coroa de louros enfeitando a cabeça do caralho. Começa a judiar caprichado e gostoso. Falando bobagem com voz baixa e rouca:

— Vou foder essa vadia do colegial. Vou te currar todinha. Frente e atrás. Cabeça pra baixo. Te abrir pelo meio. Violar teus nove buraquinhos, sua piranha de Jesus!

Mesmo que não queira, você goza de novo em dois minutos. Tua xotinha de puro delírio morde com os dentinhos o pau colosso. E você? ela? eu? só diz ai, ai, ai.

Minha colega preveniu que nessa hora não posso fraquejar. O quê? Mais? O doutor ainda quer mais?!

— Só comer o cuzinho.

Ai, doutor, do cuzinho eu sou virgem. Por favor. Tenha peninha de mim. Perguntei a ela se doía. Disse que sim, porém uma dorzinha gostosa — o prazer mais forte que a dor. Isso eu não entendi.

Primeiro fiquei com medo. Falei que podia visitar o doutor. Só que o rabinho eu não dava. Se era para não dar, ela respondeu, melhor nem ir. Mas quero ir, doutor. E se for mesmo preciso, então eu dou. Ai de minzinha, tenho um medo danado!

Bota ela? eu? de quatro e vem por cima. O Vampirão de Sodoma. João o Estripador de mortes delicadas.

E celebra:

— Ó bunda bundinha bundona! Ó recheio de mel, conhaque e trufa de que é feito o meu sonho!

Daí manda a gente rodopiar, sem perder o contato.

— Ai, dunas movediças... ai, remoinhos de delícias... ai, pirâmides calipígias em marcha...

À medida que você rebola, a Vara de Brasa Viva que separou as águas do Mar Vermelho (esse doutor tem cada uma!) se insinua de mansinho na tua fonte selada. E você começa a ver e ouvir mil estrelinhas de todas as cores. Não no céu. Dentro da gente, tipo os fogos de artifício do Ano-Novo.

E o doutor, que é poeta romântico, fica todo inspirado. Fala igual uma arara bêbada no Passeio Público:

— Tá ouvindo, sua diabinha? O choro da maviosa Flauta Doce? É o que você bem queria, né? Diga sim. Sim. Gosta, sim. Dar o cu. Fala, vulgívaga. Já rebento as sete pregas desse rabinho. Até você gritar. Ai, como é bom. Engatar a minha pica todinha no teu cu.

— ...

— Ó boquinha redonda de medusa, morde com força. Estrangula sem dó. Me engole todinho no teu sumidouro.

— ?

— Abre as pálpebras do olho único de Polifemo e recebe a estaca em fogo do belo forte impávido Ulisses.

— !

— Assim, galopa, assim. Bem gostosa na cabeça do meu pau. Messalina de calçada. Rameira rampeira. Sua cadela. Isso que você é. Tá se deliciando? Ai, mãezinha. Ai, me acuda. Tô gozando no meu cuzinho de virgem louca!

Puxa, o doutor, hein! Quem diria. Nem sabe que o meu (o dele!) rabinho não pára de piscar. Frremente, os lábios suculentos, chorandinho: Mais, mais, mais.

— Agora, diabinha, vai subir ao céu. Escute a trombeta. Veja o querubim. A luz na escada. Os raios. O carro de fogo!

E ela? eu? geme e grita e goza, erguendo os braços bem alto. Ai, ai, ai. E com a pontinha do dedo roça na asa do arcanjo que passa.

Ela explicou ainda que o doutor aprecia, enquanto fala, dar umas palmadas ardidas na bundinha da gente. Fica até a marca dos dedos. (Legal. Sabe que de apanhar eu gosto?)

E também das pequenas dentadas nas bochechas... Tudo bem. Na bundinha não tem problema. Lá minha mãe nunca vai ver. Então pode bater e mordiscar à vontade.

E manda que eu? ela? diga palavra porca. Eu digo e repito o que o doutor ensinar. Faço tudo o que pedir. Sou aluna muito aplicada (um pouquinho menos em Redação).

Por último ela falou de... nuazinha ali no espelho... luva rosa-choque... meia de seda preta e liga roxa — *numa perna só*? Eu, hein?

Tocar a campainha e fingir que é vendedora de enciclopédia a prestação?

Vestir saiote plissado branco de tenista e rebater a bola invisível, expondo uma nesga da calcinha que beija o pompom em flor?

Ficar de pé no armário, portas e pernas bem abertas?

Não entendi. Mas estou de acordo. Tudo eu faço. Quando é que posso ir?

Um Fantasma

Ladrão em Curitiba é o que não falta. Estou na profissão faz pouco tempo. Não tenho muita prática. O pessoal da Furto já me prendeu um par de vezes. Numa delas acertaram um tiro no pé esquerdo. Daí que sou meio manco.

Pra cada um preso, tem quanto solto na rua? O que eu peguei foi cartão de banco, celular, talão de cheque, esses trecos. Mas foi tudo devolvido lá na Furtão. Outra vez uma calculadora, dois celulares, quatro ou cinco anéis. Foi só.

O dinheiro gastei tudo com mina e droga. Pra elas dinheiro não há que chegue. E preciso arrumar os dentes. De banguelo nenhuma gosta.

Eu subo é pelo cabo do pára-raio. Magrinho feito eu. Pudera, sempre com fome. Foi assim que me iniciei. Pra comer, né? Minha mãe é morta, né? Não tenho quem me sustente. Só eu por mim.

Uma vez caí do terceiro andar com cabo e tudo. Até hoje estou assim. Bem coxo. Mais o tiro no pé. Foi muito azar.

Primeiro você estuda bem o prédio. Pelo cabo de aço ou pela grade das sacadas, com minhas pernas compridas, alcanço o último andar. Daí vou descendo e entrando nos apartamentos. Aqui, a janela da cozinha aberta... Ali, a porta esquecida da lavanderia... Tela de proteção — pra que serve a tesoura na mochila?

Entro e, se não tem ninguém (os ricos são chegados a viajar), ligo baixinho a tevê. Abro a geladeira e me sirvo das gostosuras. Musse de chocolate, oba! minha perdição. Só depois que sossego a fome (um cara esganado, não falei?) recolho os trecos de valor.

Lá pelas três, quatro da manhã é o grande sono. Todos dormem. Pise de leve, e ninguém acorda.

Faço de conta que sou invisível. Já me arrisco na meia-luz do quarto e espio de pertinho a pessoa roncando.

Veja a moça que sonha, uai, metade da coxa fora do lençol (até fosforesce no escuro!), o peitinho redondo salta da camisola... Some daqui, ó pidão: esse musse de creme não é pro teu bico.

Essa a fome que mais dá cadeia.

Noite de verão, lá estava eu no quarto de uma mulher. Subi pela calha, pulei na marquise. A janela aberta, por causa do calor.

De repente ela arregalou um bruto olho. Acho que foi uma bulha na rua. Sentada na cama, de tanto susto. Era uma velhinha. Ali de queixo caído, com falta de ar. Que tal se ela morre?

Ergui os braços e abri as mãos. Falei mansinho:

— Não tenha medo. É um sonho.

Na pontinha dos pés fui até a janela.

— Sou um fantasma de passagem.

Saltei na marquise. Escorreguei pelo cano. E sumi de fininho.

Você É Virgem?

— Eu vou com o José colocar as cortinas. Em uma hora estamos de volta.

Já na porta, a última recomendação:

— Cuide bem da loja, minha filha. E fique com Deus.

Ia tranqüila, era menina de confiança. Crescida para a idade — só 15 aninhos. Saudável, linda de rosto e corpo.

Passados alguns minutos, abriu a porta um moço de camisa cinza, *jeans* desbotado e tênis. Sorridente, muito gentil. Apalpou vários tecidos e indagou preços. Por fim pediu um cartão da loja. A mocinha solícita e feliz de sozinha atender um cliente. Logo na segunda-feira, nove da manhã.

Voz rouca, ele gaguejava, tanto que às vezes não o entendia. Um tipo nervoso e desconfiado. Mesmo ali dentro, não tirou o óculo escuro nem o boné vermelho, escondendo o rosto. Já de saída, pediu para ir ao banheiro.

A menina seguiu na frente, da loja para o ateliê com a grande mesa de fitas, retalhos, tesouras, mil apetrechos. Ao indicar a porta do banheiro, sentiu nas costas a ponta fina e fria.

— Quietinha. Nem um pio. É um assalto.

O joelho fraquejou, o olho escurecia, o pequeno coração disparava.

— Não se vire. Onde está o dinheiro?

— Não tem dinheiro.

— Como que não, sua mentirosa?

— O senhor é o primeiro cliente.

Mais nervoso, mais gago ficava. Agora de frente, o punhal tremia de leve na mão.

— Onde está o patrão?

— Ela foi entregar uma cortina. Já chega de volta.

— Onde ela mora?

— Aqui mesmo. No sobrado.

— E você? Mora longe?

— Com ela. É minha mãe.

Ali de perto, notou o dentinho de ouro. Sentia o ranço de bebida e droga.

— Não tem vale-transporte?

— Não preciso.

Mal entendia as perguntas, ele tinha de repetir. Ainda mais raivoso.

— E a tua bolsa, onde está?

— Ali na cadeira.

Ele despejou a bolsa na mesa: batom, espelhinho, escova, presilha, o retrato 3 x 4 de um garoto e uns trocados.

— Só isso?

— Só.

Assim mesmo recolheu as poucas moedinhas. Sempre atento na porta da frente. Ficou olhando-a, indeciso. Morenão, cheio de rosto, menor que ela.

— Se você mentiu...

— Eu juro. Por Deus.

De repente a empurrou e fechou no banheiro. Ela o escutava revirando as gavetas e vasculhando a loja. Chaveou a porta da frente.

De volta ao banheiro:

— Tire a roupa.

— Não tiro. Isso, não.

— Não vou fazer nada.

Na dúvida, ela não obedecia.

— Já estou indo. Pra ter certeza que não foge.

Furioso e impaciente, espetou-lhe na cintura o punhalzinho afiado. A menina, tadinha, fazer o quê?

— Tire o sutiã.

Ela não queria. Acabou tirando.

— Agora a calcinha.

— Mas...

— Não tem mas. E depressa.

Assim que a viu desnuda, demorou-se a olhá-la. E mudou de idéia. Correu-lhe a mão suada e fria pelo corpinho arrepiado. Quis beijá-la, era demais: o horror daquela boca — ai, que nojo! — lambendo, chupando, mordendo.

Ao menor gesto de recusa ou defesa, cutucava-a com o maldito punhal. O banheiro era apertado. Então puxou-a para fora, de pé ao lado da mesa. Olhava ao redor. E trocou o punhal por uma tesoura:

— Fique de joelho.

Ela não ficou.

— Se não obedece...

E riscando uma cruz na bochecha.

— ...já te furo o olho.

Pronto, ela fechava o olhinho choroso.

— E te corto o rosto. Quer ver, sua...?

Daí a menina se ajoelhou. E, sempre com a ameaça da tesoura, fez tudo o que mandava.

Ele só baixou a calça. Sem tirar o boné nem o óculo escuro. Gaguejando bobagem e porcaria. Xingava-a de palavrões medonhos.

— Pare. Já chega.

Ergueu-a pela cintura e arrumou sentada na grande mesa. Lá se foram pro chão fita métrica, tecido, carretel.

— Você é virgem?

— Sou. Por favor, não...

— Assim que eu gosto.

De mãozinha posta:

— Por tudo que é sagrado... pelo amor de sua mãezinha... o senhor prometeu...

— Ah, é?

Ele virou para trás a aba do boné.

— Agora vai ver o que é bom!

E fez com ela o que bem quis. Abusou de todas as maneiras. Sabe como é. Regalou-se.

Bem gago, xingando, olhava aflito para a porta. Ela gemia e chorava. Por favor, que parasse. Não podia mais de tanta dor.

Até que ele se fartou. Escolheu um retalho e, ficando de costas, se limpava.

Em seguida, quem diria! enxugou a coxa toda em sangue da pequena. Sacudida de tremores, com febre, soluçava baixinho.

Daí agarrando-a com violência pelos cabelos arrastou de novo para o banheiro.

— Ai de você, putinha. Se der um grito...

Demorou-se a espiá-la.

— ...eu volto e te mato!

Não fosse a pressa, ai dela, começava tudo outra vez.

— Quietinha, hein? Feche esse bruto olho. Conte até cem. Bem devagar.

Ela ouviu os seus passos ligeiros até a porta, que bate de leve. Assim mesmo, contou até mais de 100, 150. Só então saiu, já vestida.

Chamou a vizinha, que acudiu e ligava para a mãe.

Feito louca, de volta num instante. Ao vê-la, a pequena atira-se nos seus braços.

— Eu quero morrer.

Toda em ais e pranto.

— Eu vou me matar!

E busca uma tesoura. Sufocada, não pode falar. A mãe nem começa uma pergunta, os olhos da menina furadinhos de gordas lágrimas verdes. Tem nojo e ânsia, correndo ao banheiro para vomitar.

Quer tomar banho, com pavor de aids. E gravidez. E se...

Oh, não, meu Deus!

Desde aquele dia só dorme de luz acesa. Sozinha nem pensar. De tudo tem medo. No meio da conversa fica de olhinho vazio. Se esconde para chorar.

Jamais atende homem na loja.

De alegre e extrovertida, passa a quieta e ensimesmada. Desiste de estudar, ela que teve sempre as melhores notas.

Uma vez por semana é levada ao consultório da terapeuta.

Sonha que está sozinha na loja. Um tipo abre a porta. Óculo escuro e boné vermelho. *Você é virgem?* Sorri com o dentinho de ouro. *Tá gostando, né, sua puta!*

Ela acorda sentada na cama.

— Mãe, ói...

O grito afogado de horror.

— ...ói o bandido!

Apesar dos exames negativos, toma dois a três banhos por dia. Tiritando e chorando sob a ducha — os olhos mordidos por formigas brancas de fogo.

Mais que se esfregue, água não há bastante que limpe o corpo imundo e lave a memória suja.

Recusa ver o namoradinho (do retrato na bolsa).

Nunca sai à noite.

Alguém fala em aids? Pronto. A menina tem crise de choro. Quer morrer, quer se matar. E só. E mais nada.

Este livro foi composto na tipologia Minion, em
corpo 13/19, e impresso em papel off set 90g/m²,
no Sistema Cameron da Divisão Gráfica
da Distribuidora Record.